LE JOLI

PASSE-TEMPS.

Y

Il se lève et sur une tour
Il voit une femme éplorée ;
C'est l'image de Cythérée,
Ruscar va connaître l'Amour.

LE JOLI
PASSE-TEMPS,

OU

ÉTRENNES
AUX BELLES,

pour la présente année.

A AMATHONTE.

Cet almanach, ainsi qu'un grand nombre d'autres, fins et communs,

SE TROUVE:

A PARIS,

Chez L. JANET, Libraire, rue St.-Jacques, N.° 59.

Chez MARCILLY, Libraire, rue St.-Jacques, N.° 21.

A LILLE,

Chez VANACKERE fils, Imprimeur, Libraire de S. A. R. MONSIEUR LE DAUPHIN, place du Théâtre, N.° 10.

Et chez les principaux Libraires du Royaume.

LA

BARQUE DU PÊCHEUR.

BALLADE.

Moderato.

Mais les vents bar – ba – res
Rompent les a – marres,
Et l'onde en fu–reur roule la
bar–que du pê – cheur.
Et l'onde en fu – reur rou – –
le la bar–que du pê–cheur.

En voyant ses rames
Sur des bords chéris,
Au fracas des lames
Il mêle ses cris.
Pleurant sa chaumière,
Il songe à sa mère;
Mais l'onde en fureur
Roule la barque du pêcheur.

Sur la mer profonde
Trois nuits et trois jours
Sa nef vagabonde
Roula sans secours.
C'est en vain qu'il prie
La Vierge Marie!....
La vague en fureur
Roulait la barque du pêcheur.

Aux feux des étoiles,
D'un navire, un soir,
Il crut voir les voiles
Et sourit d'espoir.
Mais, loin de l'espace
Où le vaisseau passe,
La vague en fureur
Brise la barque du pêcheur.

LEQUEL DES DEUX.

AIR : *N'y a que Paris.*

Vous qui n'aimez pas à demi,
Les gens qui cherchent à vous plaire,
Est-ce un amant, est-ce un ami
Que votre tendre cœur préfère ?
On a des amans quand on veut,
Mais des amis lorsque l'on peut.

L'amant promet sans rien donner,
L'ami donne sans rien promettre ;
Quand l'ami craint d'importuner,
L'amant ose tout se permettre.
On a des amans quand on veut,
Mais des amis lorsque l'on peut.

Le temps, qui flétrit les Amours,
De l'Amitié double les charmes ;
Elle vient à notre secours,
Si les Amours causent nos larmes.
On a des amans quand on veut,
Mais des amis lorsque l'on peut.

L'ORAGE.

AIR : *C'est l'amour, l'amour, l'amour.*

CHERS enfans, dansez, dansez,
Votre âge
Echappe à l'orage.
Par l'espoir gaîment bercés,
Dansez, chantez, dansez.

A l'ombre des vertes charmilles,
Fuyant l'école et les leçons,
Petits garçons, petites filles,
Vous voulez danser aux chansons.
En vain ce pauvre monde
Craint de nouveaux malheurs,
En vain la foudre gronde,
Couronnez-vous de fleurs.

Chers enfans, dansez, dansez,
Votre âge
Echappe à l'orage, etc.
L'éclair sillonne le nuage,
Mais il n'a point frappé vos yeux;
L'oiseau se tait dans le feuillage,
Rien n'interrompt vos chants joyeux;

J'en crois votre allégresse ;
Oui, bientôt d'un ciel pur,
Vos yeux, brillans d'ivresse,
Réfléchiront l'azur. Chers, etc.

Vos pères ont eu bien des peines ;
Comme eux ne soyez pas trahis !
D'une main ils brisaient leurs chaînes,
De l'autre ils vengeaient leur pays.
De leur char de victoire
Tombés sans déshonneur,
Ils vous lèguent la gloire ;
Ce fut tout leur bonheur.
Chers, etc.

Au bruit de lugubres fanfares,
Hélas ! vos yeux se sont ouverts ;
C'était le clairon des barbares
Qui vous annonçait nos revers.
Dans le fracas des armes,
Sous nos toits en débris,
Vous mêliez à nos larmes
Votre premier souris. Chers, etc.

Vous triompherez des tempêtes
Où notre courage expira.
C'est en éclatant sur nos têtes
Que la foudre nous éclaira.

Si le Dieu qui vous aime
Crut devoir nous punir,
Pour vous sa main resème
Les champs de l'avenir. Chers, etc.

Enfans, l'orage qui redouble,
Du sort présage le courroux;
Le sort ne vous cause aucun trouble;
Mais à mon âge on craint ses coups.
S'il faut que je succombe
En chantant nos malheurs,
Déposez sur ma tombe
Vos couronnes de fleurs !

Chers enfans, dansez, dansez,
Votre âge
Echappe à l'orage.
Par l'espoir gaîment bercés,
Dansez, chantez, dansez.

ÉPIGRAMME.

Sous le titre de *Rêveries*
Darmincourt au public donne ses poésies.
« Que pensez-vous de son talent? » —
« Son livre est détestable, et son titre excellent. »

L'AUTRE MONDE.

CHANSON.

Air : *Je loge au quatrième étage.*

Pourquoi suis-je venu sur terre?
Je n'en sais pas trop la raison ;
Mon bail finit ; le locataire
Va quitter la grande maison. (*Bis.*)
Mais où faudra-t-il donc me rendre
Après le quart d'heure d'émoi ?
Maints docteurs voulaient me l'apprendre,
Qui n'en savaient pas plus que moi.

Pour résoudre ce grand problême
Puisque nul n'a su revenir,
On est bien forcé par soi-même
De savoir à quoi s'en-tenir.
Je ne serai pas seul en route ;
Noir ou blanc, pauvre diable ou Roi,
Plus d'un camarade, sans doute,
Part à la même heure que moi.

Les deux mondes, je le suppose,
N'ont jamais eu rien de commun :

S'il n'eût voulu faire autre chose,
L'Eternel n'en aurait fait qu'un.
Notre âme a changer de domaine
Doit gagner, s'il en est ainsi;
L'autre monde n'a pas de peine
A valoir mieux que celui-ci.

Les créanciers y sont traitables,
Les hommes d'esprit bonnes gens;
Les demi-dieux sont abordables
Et les protecteurs obligeans;
Le sot se tait, le savant cause;
Mais pour ce sexe plein d'appas,
Il n'est point de métamorphose;
La femme était si bien là-bas!...

Là, de politique et d'intrigue
Délivré pour l'éternité,
J'abdique la noble fatigue
D'électeur et de député;
Car là-haut sans doute personne
A discuter n'est résolu,
Et depuis long-tems je soupçonne
Le Tout-Puissant d'être absolu.

A l'or on n'y rend point hommage;
Un sot riche est toujours un sot;
Et fillette jolie et sage
Trouvera vingt maris sans dot.

Des chimères dont elle est ivre,
La grandeur ne peut s'y nourrir;
Les médecins n'y sauraient vivre,
Puisque l'on n'y peut plus mourir.

Rivaux, amis, tous les mérites
Viennent ensemble s'y grouper;
Point de charlatans, d'hypocrites;
On n'a plus personne à tromper.
Là, j'entendrai de saints cantiques
Accompagnés d'accords divins,
Et, s'ils ne sont pas romantiques,
Je comprendrai les séraphins.

Douter est, dit-on, la sagesse:
Je fus très-sage assurément;
J'ai douté de mainte tendresse,
J'ai douté de plus d'un serment.
Item, de plus d'un saint qu'on chôme;
Mais sans crainte vous dis adieu,
Car je n'ai jamais, faible atome,
Douté de la bonté de Dieu.

AZOR, CARESSE-MOI!

ROMANCE.

AIR : *Depuis long-tems j'aimais Adèle.*

Eh quoi ! voilà déjà l'aurore !
Le jour est sombre et nébuleux ;
Mes esprits sont troublés encore
Par un songe des plus affreux.
Je ne suis point un fataliste,
La gaîté fut toujours ma loi ;
Pourtant malgré moi je suis triste.
Mon pauvre Azor, caresse-moi !

Afin de me rendre à moi-même,
Pour dissiper ma folle erreur,
Volons vers la femme que j'aime ;
Sa présence porte bonheur ;
Mais la perfide, la traîtresse,
Vient de me retirer sa foi.
Hélas ! j'ai perdu ma maîtresse.
Mon pauvre Azor, caresse-moi !

L'amitié me sera fidèle ,
Je sais ce qu'elle m'a promis ;
Mon cœur ose compter sur elle ,
Azor, courons vers nos amis;
Mais celui que je crus sincère
Me prouve , en trahissant sa foi ,
Que l'amitié n'est que chimère.
Mon pauvre Azor , caresse-moi !

Quelle peut donc être la cause
D'un changement si douloureux ?
Hier , de l'éclat de la rose ,
Tout s'embellissait à mes yeux.
Du malheur la voix importune
M'apprend que la mauvaise foi
Vient de me ravir ma fortune.
Mon pauvre Azor , caresse-moi.

O toi ! douce philosophie ,
Viens , je t'en prie , à mon secours!
Viens me tenir lieu dans la vie
D'amis , de fortune et d'amours !
Non , ce jour n'est pas si funeste ,
Car , mon cher Azor , avec toi ,
Grâces au ciel , l'honneur me reste.
Mon pauvre Azor , caresse-moi !

LA JEUNESSE EST BIEN CHANGÉE.

CHANSONNETTE.

AIR: *Corneille nous fait ses adieux.*

« PRÊTE l'oreille, mon enfant,
A soixante ans d'expérience ;
L'homme est adroit, il est méchant;
Ne le vois qu'avec défiance ;
Suis mes conseils: contre ses malins tours
Par moi tu seras protégée... »
« Bonne maman, papa dit tous les jours
Que la jeunesse est bien changée ! »

« Comme toi, jadis j'eus quinze ans,
Et, comme toi, j'eus un cœur tendre;
Contre le plus beau des amans
Point, hélas! ne sus me défendre.
Il me jurait... et pour d'autres amours
Bientôt l'ingrat m'eut négligée. »

« Bonne maman, papà dit tous les
jours
Que la jeunesse est bien changée! »

« Je pleurai, mais mon faible cœur,
Séduit encor par l'espérance,
Essaya d'un nouveau vainqueur
Dont on exaltait la constance;
Si tu savais par quels lâches détours
Sa foi bientôt fut dégagée...»
« Bonne maman, papa dit tous les
jours
Que la jeunesse est bien changée!»

« Crois-en mon cœur encor navré,
Séducteurs nés de l'innocence,
Pour les hommes rien n'est sacré,
Et nos pleurs font leur jouissance.
Triomphent-ils, les traîtres restent
sourds
Aux cris d'une amante outragée! »
« Bonne maman, papa dit tous les
jours
Que la jeunesse est bien changée!»

LE TESTAMENT.

ANECDOTE.

AIR *des Trembleurs.*

Il est mort, Paul l'imbécille ;
Dès que ce bruit court la ville,
On voit venir à la file
Des gens de tous les métiers ;
Et sans peine l'on décide,
D'après leur regard avide
Et leur démarche rapide,
Que ce sont des héritiers.

Le cousin et la cousine,
Le filleul et la voisine,
Le confesseur, la béguine,
Prennent le même chemin ;
L'un a de belles promesses,
L'autre vient offrir des messes ;
Tous espèrent des largesses
Et déjà tendent la main.

En approchant de la porte,
La douleur devient plus forte.
Grand dieu! mourir de la sorte,

Lui, si gros, si bien portant!
C'était bien le plus brave homme
Qui fût de Paris à Rome;
Il m'aimait!... Ce coup m'assomme;
Je dois hériter pourtant.

Vîte on cherche le notaire,
Dont l'important ministère
Va découvrir le mystère
Objet du rassemblement;
A pas comptés il arrive,
Et sa voix impérative
A l'assemblée attentive
Fait ouïr le testament.

Ciel! quel scandale! quel crime!
Ce caffard, ce cacochime,
Laisse un fils illégitime
Qui vient seul pour la moitié!!!
Mille écus vont au vicaire,
Son parasite ordinaire.
Le reste à la chambrière
Pour prix de son amitié.

La cousine devient blême;
Du filleul la rage extrême
Laisse échapper un blasphême
Contre le destin jaloux.

Le confesseur se récrie,
La béguine est ahurie,
Et la voisine en furie,
Va quereller son époux.

Ceux qui partagent la proie
Ont peine à cacher leur joie,
Mais d'autant plus se déploie
Leur affliction d'emprunt
Quand ceux que l'on congédie,
Vrais pantins de comédie,
Chantent la palinodie
Des éloges du défunt.

Cependant le statuaire
Grave en style lapidaire
Sur la pierre tumulaire
Du mort l'éloge obligeant;
Et, fidèle à sa consigne,
Il accorde, à tant la ligne,
Au fripon le plus insigne
Des vertus pour son argent.

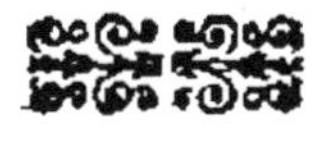

MA FUTURE.

CHANSONNETTE.

AIR : *Souvent la nuit quand je sommeille.*

Vous que j'aime sans vous connaître,
Vierge, doux rêve de mon cœur,
Que demain m'offrira peut-être
Pour me faire croire au bonheur.
Qu'il tarde, au gré de mon envie,
Le doux moment d'être en vos bras!
Ah ! de grâce, ne soyez pas
Ma future toute la vie !

Rose a votre taille légère ;
Laure, tout l'esprit de vos yeux ;
Clara, ce divin caractère
Qui doit vous entourer d'heureux.
Que de fois mon âme ravie
Dans les leurs crut voir vos appas !
Ah ! de grâce, ne soyez pas
Ma future toute la vie !

Quel est le ciel qui vous vit naître?
Y serai-je appelé jamais ?
Ma tombe seule, un jour, peut-être,
Dira combien je vous aimais.
Mon existence est asservie
A la vôtre jusqu'au trépas.
Ah ! de grâce, ne soyez pas
Ma future toute la vie ?

LES PUCES.

CHANSONNETTE.

AIR: *J'étais bon chasseur autrefois.*

CHACUN a son héros.. le mien
Est d'une espèce assez méchante ;
Faut-il vous le nommer ? Eh bien !
C'est la Puce que je vous chante ;
Elle a le plus heureux destin ;
Son poëte lui porte envie ;
Sur l'ivoire et sur le satin
Elle donne et reçoit la vie.

Je n'ai qu'un ami près de moi ;
Mais je l'offre ici pour modèle ;
Il n'est seigneur, prince, ni roi...

C'est Médor... c'est mon chien fidèle;
Attentif au moindre signal,
D'un œil il dort, de l'autre il veille;
Et pour moi le doux animal.
A toujours la puce à l'oreille.

N'avons-nous pas, d'un œil surpris,
Vu des puces laborieuses
Traîner un char, gagner des prix
Et se rendre à jamais fameuses ?
On peut même sur leurs appas
Faire des phrases éloquentes ;
Et l'on ne constestera pas
Que ce sont des brunes piquantes.

Ce peuple sémillant, léger,
Qui si rapidement sautille,
Se plaît sans cesse à voltiger
Sur le sein de femme gentille...
Oui, ce trône-là te convient;
Butine et pince l'innocence...!
Ahi ! c'en est une qui vient
M'exprimer sa reconnaissance!

LA COMÈTE DE 1832.

CHANSON.

AIR *à faire.*

GARE ! gare la Comète !
Pauvres humains, sauvez-vous!
Elle fait rafle complète
Des sages comme des fous.

Voyez au loin dans l'espace
Comme elle marche à grands pas !
Au fléau qui nous menace,
Non, nous n'échapperons pas.
Déjà sa queue embrasée
Se manifeste aux savans ;
Bientôt, comme une fusée,
Sa masse sur nous lancée,
Va détruire les vivans. Gare, etc.

Aujourd hui si Dieu nous juge
Selon nos péchés, hélas !
Franchement, un bon déluge
Ne nous conviendrait-il pas ?
Cependant je me confie
En notre maître divin ;

Noé conserva la vie;
Pour qu'il oubliât la pluie,
Dieu lui fit boire du vin. Gare! etc.

Fiers potentats de la terre,
Enclouez tous vos canons!
Ne rêvez plus à la guerre!
Retournez à vos moutons!
D'une puissance ennemie
Mahmoud craint peu l'appareil;
Il sait, par l'astronomie,
Que dans quatre ans la Russie
Se fondra dans le soleil. Gare! etc.

Législateurs de la France,
Employez bien vos instans!
Nous n'avons plus l'espérance
De vous conserver sept ans.
En regrets je me consume;
Mais je n'y puis rien, ma foi;
Déjà notre globe fume;
La Comète qui l'allume,
Seule va faire la loi. Gare! etc.

D'un destin aussi funeste
Puisque je suis averti,
Je veux jouer de mon reste;
Gaîment je prends mon parti;
Amis, cessons d'être esclaves

D'un monde qui va finir !
Il nous faut mourir en braves;
Bons lurons, vidons nos caves,
En attendant l'avenir!

Gare, gare la Comète !
Pauvres humains, sauvez-vous!
Elle fait rafle complète
Des sages comme des fous.

LA
GLOIRE ET LA FORTUNE,
OU
LE RÊVE D'UN PAUVRE DIABLE.

AIR *de la Boulangère.*

UNE nuit, le Diable m'offrit
La Gloire et la Fortune,
Me disant: « Le sort te sourit;
Choisis, mais n'en prends qu'une.»
La Gloire était fort de mon goût;
Mais j'aimais la Fortune
Beaucoup,
Mais j'aimais la Fortune.

Je dis au Diable : « Éclaire-moi ;
La Gloire est moins commune ;
Mais je voudrais, de bonne foi,
Un bonheur sans lacune. »
Le diable alors me dit tout haut :
« Choisis donc la Fortune,
Nigaud,
Choisis donc la Fortune. »

« Mais je voudrais être cité
De Rome à Pampelune,
Par tous nos poètes chanté,
Et plutôt deux fois qu'une. »
Le Diable alors me répondit :
« On trouve à la Fortune
L'esprit ;
Choisis donc la Fortune. »

Je dis au Diable : « J'aime encor
Et la blonde et la brune ;
La Gloire vaut-elle bien l'or
Pour séduire chacune ? »
« Non, me répond le démon ;
Prends plutôt la Fortune,
Fripon,
Prends plutôt la Fortune. »

« Mais, repris-je, j'avais pour but
La scène ou la tribune ;

Puis j'arrivais à l'Institut
Sans clameur importune. »
« Eh bien, répondit Lucifer,
Prends toujours la Fortune,
Mon cher,
Prends toujours la Fortune. »

En m'écriant : « Je te choisis,
Séduisante Fortune ! »
Je m'éveillai.... mais je ne vis
Qu'un fort beau clair de lune ;
Et j'attendrai long-tèms, je croi ;
La Gloire et la Fortune,
Chez moi,
La Gloire et la Fortune.

TOUJOURS ELLE.

A VIRGINIE R***.

AIR : *Au sein d'une fleur tour à tour.*

Si le Dieu des arts m'eût prêté
L'ingénieux pinceau d'Apelle,
Plein d'amour pour la vérité,
Aux lois du goût toujours fidèle,
Un être, un seul être eût été

Et mon modèle et ma copie ;
Pour peindre esprit, grâce, beauté,
Je n'aurai peint que Virginie !

Au Pinde, si j'avais saisi
Le luth gracieux et sonore
Que sous ses doigts légers Parni
Fit résonner pour Léonore,
A son regard inspirateur
Dérobant le feu du génie,
Mes vers, échappés de mon cœur,
N'auraient chanté que Virginie !

D'Euterpe obtenant les faveurs,
Si j'avais su, dans mon délire,
Trouver ces accords enchanteurs
Que chez Boyeldieu l'on admire,
On m'eût vu, de nouveaux accens
Jaloux d'enrichir l'harmonie,
Ne moduler, dans tous mes chants,
Que le doux nom de Virginie !

LE BOUT DU ROULEAU.

CHANSONNETTE.

AIR: *On dit que je suis sans malice.*

AFIN d'égayer mainte fête,
Je roule toujours dans ma tête
Quelque refrain qui mette en train
Tous les convives d'un festin.
Mais ma volonté devient vaine,
Je sens se refroidir ma veine ;
Plus de refrain qui soit nouveau; } *b.*
Je suis au bout de mon rouleau. }

Lorsque l'on veut former son style,
Combien le latin est utile !
Virgile, Horace et Cicéron
Nous mènent seuls à l'Hélicon.
Par malheur, pendant mon enfance,
J'ai négligé cette science,
Et, lorsque j'ai dit mon *Credo*, } *bis.*
Je suis au bout de mon rouleau. }

Sans posséder un seul domaine,
Je me croyais l'autre semaine

Le plus riche de ce pays ;
J'avais un rouleau de louis.
Voulant bien finir ma journée,
Au jeu je fis une tournée...
Le soir, grâce au double zéro, } *bis.*
J'étais au bout de mon rouleau. }

Je suis un bon convive à table,
J'aime que le vin soit potable ;
Riant et chantant de bon cœur,
Je tiens tête au meilleur buveur ;
Mais quand ma raison déménage
Je m'arrête, car je suis sage,
Et dis, roulant sous le tonneau, } *bis.*
Je suis au bout de mon rouleau. }

Pendant quarante ans, pauvre hère,
J'ai roulé mon corps sur la terre ;
Quand chez Pluton je me rendrai,
Ce jour encor je roulerai.
Puisque nul ne peut s'en dédire,
C'est alors qu'on m'entendra dire
Au vicaire ainsi qu'au bedeau: } *bis.*
Je suis au bout de mon rouleau. }

CALENDRIER
GRÉGORIEN
POUR L'ANNÉE
1830.

A LILLE,

Chez VANACKERE FILS, Imprimeur, Libraire de S. A. R. MONSIEUR LE DAUPHIN, place du Théâtre, N.o 10.

ARTICLES DU CALENDRIER.

SIGNES DU ZODIAQUE.

	Septentrion.		Méridionaux.
♈ Le Bélier.		♎ La Balance.	
♉ Le Taureau.		♏ Le Scorpion.	
♊ Les Gémeaux.		♐ Le Sagittaire.	
♋ L'Ecrevisse.		♑ Le Capricorne.	
♌ Le Lion.		♒ Le Verseau.	
♍ La Vierge.		♓ Les Poissons.	

☉ Le Soleil.

FIGURES ET NOMS DES PLANÈTES.

☿ Mercure.	♃ Jupiter.	⚴ Pallas.
♀ Vénus.	♄ Saturne.	⚵ Junon.
♁ La Terre.	♅ Uranus.	⚶ Vesta.
♂ Mars.	⚳ Cérès.	

☾ La Lune, satellite de la Terre.

SAISONS.

Printemps, 21 Mars, à 2 h. 42′ du matin.	*Automne*, 23 Septembre, à 2 h. 1′ du soir.
Été, 21 Juin, à 11 h. 59′ du soir.	*Hiver*, 22 Décembre, à 7 h. 17′ du matin.

FETES MOBILES.

Septuagésime, 7 *Fév.*	TRINITÉ, 6 *Juin.*
Cendres, 24 *Fév.*	FÊTE-DIEU, 10 *Juin.*
PAQUES, 11 *Avril.*	Avent, 28 *Novembre.*
Rogat. 17, 18 et 19 *Mai.*	De l'Épiphanie à la Septuagésime, 4 *Dim.*
ASCENSION, 20 *Mai.*	De la Pent. à l'Av. 25 *D.*
PENTECOTE, 30 *Mai.*	

Comput Ecclésiastique.		*Quatre-Temps.*
Nombre d'or	7.	3, 5 et 6 Mars.
Epacte	VI.	2, 4 et 5 Juin.
Cycle solaire . . .	19.	15, 17 et 18 Septembre.
Indiction Romaine.	3.	15, 17 et 18 Décembre.
Lettre Dominicale.	C	

JANVIER 1830. *Signe*, le Verseau. ♒

P. Q. le 2, à 2 h. 43′ du matin.
P. L. le 9, à 3 h. 42′ du matin. *Apogée le* 15.
D. Q. le 17, à 4 h. 12′ du matin. *Périg. le* 27.
N. L. le 24, à 5 h. 4′ s. P. Q. le 31 à 10 h. 56′ m.

JOURS, DATES et Noms des Saints.			*Lev. du S*		*Cou. du S*		*Lever de la L.*		*Couch. de la L.*	
			H.	M.	H.	M.	H.	M.	H.	M.
1	v.	*Circoncision.*	7	53	4	8	11	26 (Mat.)	11	S. 57
2	s.	s. Macaire, ab.	7	52	4	8	11	55	Matin.	
3	D.	ste. Géneviève	7	51	4	9	0	26 (Soir.)	1	5
4	l.	s. Rigobert, év.	7	51	4	9	1	0	2	23
5	m.	s. Siméon, styl.	7	50	4	10	1	39	3	33
6	m.	*Épiphanie.*	7	50	4	11	2	22	4	41
7	j.	s. Lucien, év.	7	49	4	12	3	12	5	43
8	v.	ste. Gudule.	7	48	4	12	4	7	6	39
9	s.	s. Julien, mart.	7	47	4	13	5	7	7	27
10	D.	s. Guillaume.	7	46	4	14	6	8	8	7
11	l.	s. Hygin, pap.	7	45	4	15	7	11	8	42
12	m.	s. Arcade, mar.	7	45	4	16	8	14	9	13
13	m.	Bapt. de N. S.	7	44	4	17	9	15	9	40
14	j.	s. Hilaire, év.	7	43	4	18	10	16	10	5
15	v.	s. N. de Jésus.	7	42	4	19	11	17	10	29
16	s.	s. Fursi, abbé.	7	41	4	20	Matin.		10	54
17	D.	s. Antoine, ab.	7	39	4	21	0	17	11	20
18	l.	Ch. s. Pierre à R	7	38	4	22	1	17	11	48
19	m.	s. Canut, Roi.	7	37	4	23	2	17	0	19 (Soir.)
20	m.	ss. Fab. et Séb.	7	36	4	25	3	17	0	56
21	j.	ste. Agnès, v.	7	35	4	26	4	17	1	40
22	v.	s. Vincent, m.	7	33	4	27	5	15	2	31
23	s.	s. Raymond, c.	7	32	4	29	6	8	3	30
24	D.	s. Timothée.	7	31	4	30	6	57	4	36
25	l.	Conv. de s. P.	7	30	4	31	7	37	5	50
26	m.	s. Polycarpe.	7	28	4	32	8	15	7	4
27	m.	s. Jean-Chrys.	7	27	4	34	8	50	8	18
28	j.	s. Charlemagne	7	25	4	35	9	19	9	36
29	v.	s. Franç. de S.	7	24	4	37	9	50	10	51
30	s.	ste. Aldegonde.	7	23	4	38	10	22	Matin.	
31	D.	s. Pierre Nolas.	7	21	4	40	10	55	0	6

FÉVRIER. *Signe*, les Poissons. ♓

P. L. le 7, à 7 h. 52′ du soir. *Apogée le* 12.
D. Q. le 16, à 0 h. 37′ du matin.
N. L. le 23, à 4 h. 45′ du matin. *Périgée le* 24.

JOURS, DATES et Noms des Saints.			*Lev. du S.*		*Cou. du S.*		*Lever de la L.*		*Couch de la L.*	
			H.	M.	H.	M.	H.	M.	H.	M.
1	l.	s. Ignace, év.	7	19	4	41	11	M32	1	16 Matin.
2	m.	*Purification.*	7	18	4	43	0	Soir. 14	2	24
3	m.	s. Blaise, évêq.	7	17	4	44	1	1	3	27
4	j.	s. André de C.	7	15	4	46	1	52	4	25
5	v.	ste. Agathe, v.	7	13	4	47	2	49	5	15
6	s.	ste. Dorothée.	7	12	4	49	3	48	5	57
7	D.	*Septuagésime.*	7	10	4	51	4	51	6	35
8	l.	s. Jean de Mat.	7	8	4	52	5	54	7	7
9	m.	ste. Apolline, v.	7	7	4	54	6	56	7	36
10	m.	ste. Scholastiq.	7	6	4	55	7	58	8	2
11	j.	s. Séverin.	7	4	4	57	8	59	8	28
12	v.	ste. Eulalie, v.	7	2	4	59	10	0	8	52
13	s.	s. Martinien.	7	0	5	1	11	0	9	18
14	D.	*Sexagésime.*	6	59	5	2	Matin.		9	45
15	l.	s. Faustin, m.	6	57	5	4	0	0	10	14
16	m.	ste. Julienne.	6	55	5	6	1	0	10	48
17	m.	s. Donat, mart.	6	54	5	7	2	0	11	29
18	j.	s. Siméon.	6	52	5	9	2	58	0	Soir. 16
19	v.	s. Gabin, mart.	6	50	5	11	3	52	1	10
20	s.	s. Eleuthère.	6	48	5	13	4	42	2	13
21	D.	*Quinquagés.*	6	47	5	14	5	27	3	23
22	l.	Ch. s. Pierre à A.	6	45	5	16	6	8	4	38
23	m.	s. Florent, c.	6	43	5	18	6	44	5	56
24	m.	*Les Cendres.*	6	41	5	20	7	18	7	14
25	j.	s. Mathias, ap.	6	40	5	21	7	49	8	32
26	v.	s. Alexandre.	6	38	5	23	8	22	9	50
27	s.	ste. Honorine.	6	36	5	25	8	56	11	4
28	D.	*Quadragésime*	6	34	5	27	9	33	Matin.	

MARS. *Signe*, le Bélier. ♈

☽ P. Q. le 1, à 8 h. 11′ du soir.
○ P. L. le 9, à 1 h. 40′ du soir. *Apogée le* 11.
☾ D. Q. le 17, à 5 h. 45′ du soir. *Périgée le* 24.
● N. L. le 24, à 2h. 53′ s. ☽ P. Q. le 31, à 7h. 7′. m.

JOURS, DATES et Noms des Saints.			*Lev. du S.*		*Cou. du S.*		*Lever de la L.*		*Couch. de la L.*	
			H.	M.	H.	M.	H.	M.	H.	M.
1	l.	s. Aubin.	6	33	5	28	10	14 Matin.	0	16 Matin.
2	m.	s. Simplice, p.	6	31	5	30	11	0	1	22
3	m.	ste. Cuneg. 4 *T.*	6	29	5	32	11	50	2	22
4	j.	s. Casimir, c.	6	27	5	34	0	46 Soir.	3	15
5	v.	s. Théoph. 4 *T.*	6	25	5	36	1	46	3	59
6	s.	ste. Colette 4 *T.*	6	24	5	37	2	47	4	38
7	D.	*Reminiscere.*	6	22	5	39	3	49	5	13
8	l.	s. Jean de Dieu	6	20	5	41	4	51	5	43
9	m.	ste. Françoise.	6	18	5	43	5	52	6	10
10	m.	Les 40 Mart.	6	16	5	45	6	53	6	35
11	j.	s. Firmin, abb.	6	15	5	46	7	54	6	55
12	v.	s. Grégoire, p.	6	13	5	48	8	55	7	21
13	s.	ste. Euphrasie.	6	11	5	50	9	56	7	51
14	D.	*Oculi.*	6	9	5	52	10	56	8	21
15	l.	s. Longin, m.	6	7	5	54	11	55	8	53
16	m.	s. Abraham, e.	6	6	5	55	Matin.		9	30
17	m.	s. Patrice, év.	6	4	5	57	0	52	10	13
18	j.	s. Gabriel, ar.	6	2	5	59	1	47	11	4
19	v.	s. Joseph, conf.	6	0	6	1	2	38	0	1 Soir.
20	s.	s. Joachim, c.	5	58	6	3	3	24	1	5
21	D.	*Lætare.*	5	57	6	4	4	5	2	16
22	l.	s. Basile.	5	55	6	6	4	43	3	32
23	m.	s. Victorien, c.	5	53	6	5	5	18	4	50
24	m.	s. Siméon, m.	5	51	6	10	5	52	6	11
25	j.	*Annonciation.*	5	49	6	12	6	24	7	31
26	v.	s. Ludger, év.	5	47	6	14	6	59	8	50
27	s.	s. Ruper, év.	5	46	6	15	7	36	10	6
28	D.	*La Passion.*	5	44	6	17	8	19	11	16
29	l.	s. Bertholde. c.	5	42	6	19	9	4	Matin.	
30	m.	s. Amédée, d.	5	40	6	21	9	53	0	22
31	m.	s. Benjamin.	5	38	6	22	10	48	1	18

AVRIL. *Signe*, le Taureau. ♉

P. L. le 8, à 7 h. 38′ du matin. *Apogée le 7.*
D. Q. le 16 à 6 h. 58′ du matin. *Périgée le 21.*
N. L. le 22, à 11 h. 36′ du soir.
P. Q. le 29, à 8 h. 3′ du soir.

JOURS, DATES et Noms des Saints.			*Lev. du S*		*Cou. du S*		*Lever de la L.*		*Couch. de la L.*	
			H.	M.	H.	M.	H.	M.	H.	M.
1	j.	s. Hugnes, év.	5	37	6	24	11	M. 47	2	Matin. 5
2	v.	*N. D. d. 7 doul.*	5	35	6	26	0	Soir. 48	2	46
3	s.	s. Richard, év.	5	33	6	28	1	49	3	23
4	D.	*Les Rameaux.*	5	31	6	30	2	51	3	54
5	l.	s. Vincent Fer.	5	30	6	31	3	53	4	22
6	m.	s. Célestin, p.	5	28	6	33	4	54	4	48
7	m.	s. Hégésipe, c.	5	26	6	35	5	55	5	13
8	j.	*La Cène.*	5	24	6	37	6	56	5	37
9	v.	*Mort de N. S.*	5	23	6	38	7	57	6	3
10	s.	s. Macaire, év.	5	21	6	40	8	57	6	31
11	D.	*PAQUES.*	5	19	6	42	9	57	7	2
12	l.	*Pâques.*	5	17	6	44	10	54	7	37
13	m.	s. Herménégil.	5	16	6	45	11	49	8	18
14	m.	s. Tiburce, m.	5	14	6	47	Matin.		9	4
15	j.	ste. Anastasie.	5	12	6	49	0	40	9	58
16	v.	s. Druon., c.	5	10	6	51	1	27	10	59
17	s.	s. Anicet, p.	5	9	6	52	2	9	0	Soir. 5
18	D.	*Quasimodo.*	5	7	6	54	2	47	1	15
19	l.	s. Léon IX, p	5	5	6	56	3	21	2	30
20	m.	s. Théodore, c.	5	4	6	57	3	55	3	48
21	m.	s. Anselme, év.	5	2	6	59	4	27	5	7
22	j.	s. Soter et C.	5	0	7	1	5	0	6	27
23	v.	s. Georges, m.	4	58	7	3	5	35	7	46
24	s.	s. Fidèle, m.	4	57	7	4	6	14	9	3
25	D.	*s. Marc.*	4	55	7	6	6	59	10	13
26	l.	s. Clète (*Abs.*)	4	54	7	7	7	48	11	15
27	m.	s. Anthime, év.	4	52	7	9	8	43	Matin.	
28	m.	s. Vital, m.	4	50	7	11	9	42	0	8
29	j.	s. Pierre, m.	4	49	7	12	10	43	0	53
30	v.	ste. Cath. de S.	4	47	7	14	11	47	1	31

MAI *Signe*, les Gémeaux. ♊

P. L. le 8, à 0 h. 12′ du matin. *Apogée le* 5.
D. Q. le 15, à 4 h. 27′ du soir. *Périgée le* 20.
N. L. le 22, à 7 h. 22′ du matin.
P. Q. le 29, à 10 h. 58′ du matin.

JOURS, DATES		et Noms des Saints.	*Lev. du S.* H.	M.	*Cou. du S.* H.	M.	*Lever de la L.* H.	M.	*Couch. de la L.* H.	M.
1	s.	ss. Jacq. et Ph.	4	46	7	15	0 Soir.	49	2 Matin.	4
2	D.	s. Athanase, p.	4	44	7	17	1	51	2	33
3	l.	Inv. ste. Croix	4	42	7	19	2	52	2	59
4	m.	ste. Monique.	4	41	7	20	3	52	3	23
5	m.	s. Maurant, ab.	4	39	7	22	4	53	3	47
6	j.	s. JEAN P. Lat.	4	38	7	23	5	54	4	13
7	v.	ste. Flavie.	4	36	7	25	6	55	4	39
8	s.	App. de s. Mic.	4	35	7	26	7	55	5	9
9	D.	Tr. s. Nicolas.	4	33	7	28	8	54	5	42
10	l.	s. Antonin, ar.	4	32	7	29	9	50	6	20
11	m	s. Gengoul, *m.*	4	30	7	30	10	42	7	5
12	m.	s. Nérée, mart.	4	29	7	32	11	30	7	56
13	j.	s. Servais, év.	4	27	7	33	Matin.		8	53
14	v.	s. Boniface, m.	4	26	7	35	0	13	9	56
15	s.	s. Isidore, m.	4	25	7	36	0	51	11	4
16	D.	s. Honoré, év.	4	23	7	37	1	25	0 Soir.	15
17	l.	ste. Restit. *Rog.*	4	22	7	39	1	58	1	28
18	m.	s. Venant *Rog.*	4	21	7	40	2	29	2	45
19	m.	s. Yves. *Rog.*	4	20	7	41	2	59	4	3
20	j.	ASCENSION.	4	18	7	42	3	32	5	21
21	v.	s. Hospice, récl.	4	17	7	43	4	8	6	38
22	s.	ste. Julie, v.	4	16	7	45	4	48	7	52
23	D.	s. Didier, arch.	4	15	7	46	5	35	8	59
24	l.	ste. Jeanne	4	14	7	47	6	27	9	58
25	m.	s. Urbain, pap	4	13	7	48	7	26	10	48
26	m.	s. Philippe de N.	4	12	7	49	8	29	11	30
27	j.	s. Jules.	4	11	7	50	9	33	Matin.	
28	v.	s. Germain.	4	10	7	51	10	36	0	5
29	s.	s. Maxime. *V. J.*	4	9	7	52	11	39	0	36
30	D.	PENTECOTE.	4	8	7	53	0 Soir.	41	1	2
31	l.	ste. Pétronille.	4	7	7	54	1	42	1	27

JUIN. *Signe*, l'Écrevisse. ♋

P. L. le 6, à 2 h. 28′ du soir. *Apogée le* 1.
D. Q. le 13, à 10 h. 59′ du soir. *Périgée le* 17.
N. L. le 20, à 3 h. 12′ du soir.
P. Q. le 28, à 3 h. 25′ du matin. *Apogée le* 29.

JOURS, DATES et Noms des Saints.			*Lev. du S*		*Cou du S*		*Lever de la L.*		*Couch de la L*	
			H.	M.	H.	M.	H.	M.	H.	M.
1	m	s. Fortuné.	4	6	7	55	2	Soir. 43	1	Matin. 51
2	m.	s. Erasme, 4*T*.	4	5	7	55	3	44	2	17
3	j.	ste. Clotilde.	4	4	7	56	4	44	2	43
4	v.	s. Quirin. 4*T*.	4	3	7	57	5	44	3	9
5	s.	s. Boniface 4*T*.	4	3	7	58	6	44	3	41
6	D.	*Trinité.*	4	2	7	58	7	43	4	18
7	l.	s. Robert, ab.	4	1	7	59	8	37	5	0
8	m.	s. Médard.	4	0	8	0	9	28	5	49
9	m.	ste. Pélagie.	4	0	8	0	10	12	6	45
10	j.	*Fête-Dieu.*	4	0	8	1	10	51	7	46
11	v.	s. Barnabé, ap.	3	59	8	1	11	25	8	51
12	s.	s. Onuphre.	3	59	8	1	11	57	10	1
13	D.	s. Antoine de P.	3	58	8	2	Matin.		11	12
14	l.	s. Basile, év.	3	58	8	2	0	28	0	Soir. 25
15	m.	ss. Vite et Mod.	3	58	8	3	0	57	1	40
16	m.	s. Franç. Régis.	3	57	8	3	1	28	2	56
17	j.	s. Avy, abbé.	3	57	8	3	2	1	4	11
18	v.	ste. Marine, v.	3	57	8	3	2	37	5	25
19	s.	s. Gervais et P.	3	57	8	3	3	20	6	35
20	D.	s. Silvère, pap.	3	57	8	3	4	9	7	39
21	l.	s. Louis de G.	3	57	8	3	5	5	8	33
22	m.	s. Paulin, év.	3	57	8	3	6	5	9	20
23	m.	s. Liébert, év.	3	57	8	3	7	10	9	59
24	j.	*Nat. de s. J.B.*	3	57	8	3	8	15	10	31
25	v.	Tr. de s. Eloi.	3	57	8	3	9	19	11	1
26	s.	ss. Jean et Paul	3	57	8	3	10	23	11	27
27	D	s. Ladislas, R.	3	57	8	3	11	25	11	51
28	l.	s. Irénée.	3	58	8	3	0	Soir. 26	Matin.	
29	m.	*ss. Pierre et P.*	3	58	8	2	1	27	0	15
30	m.	Comm. des P.	3	58	8	2	2	27	0	40

JUILLET. *Signe*, le Lion. ♌

P. L. le 6, à 2 h. 34′ du matin.
D. Q. le 13, à 3 h. 46′ du matin. *Périgée le* 13.
N. L. le 20, à 0 h. 23′ du matin. *Apogée le* 26.
P. Q. le 27, à 8 h. 45′ du soir.

JOURS, DATES et Noms des Saints.			*Lev. du S*		*Cou. du S*		*Lever dela L.*		*Couch. dela L.*	
			H.	M.	H.	M.	H.	M.	H.	M.
1	j.	s. Rombaut, év.	3	59	8	1	3	26 Soir.	1	14 Matin.
2	v.	Visitat. de la V.	3	59	8	1	4	27	1	38
3	s.	s. Hyacinthe.	3	59	8	0	5	27	2	10
4	D.	Tr. s. Martin.	4	0	8	0	6	24	2	50
5	l.	ste. Zoé, mart.	4	0	7	59	7	17	3	36
6	m.	ste. Godclive.	4	1	7	59	8	4	4	29
7	m.	s. Willebaud.	4	2	7	58	8	46	5	30
8	j.	ste. Elisabeth.	4	2	7	57	9	23	6	35
9	v.	Les Mart. de G.	4	3	7	57	9	56	7	45
10	s.	ste. Félicité, m.	4	4	7	56	10	28	8	57
11	D.	Tr. de s. Benoît	4	4	7	55	10	58	10	10
12	l.	s. Gualbert, ab.	4	5	7	54	11	27	11	24
13	m.	s. Anaclet, p.	4	6	7	54	11	58	0	39 Soir.
14	m.	s. Bonaventure	4	7	7	53	Matin.		1	53
15	j.	s. Henri, Emp.	4	8	7	52	0	33	3	5
16	v.	N.-D. du M. C.	4	9	7	51	1	12	4	15
17	s.	s. Alexis, conf.	4	10	7	50	1	57	5	21
18	D.	s. Arnould, év.	4	11	7	49	2	48	6	20
19	l.	s. Vincent de P.	4	12	7	48	3	46	7	9
20	m.	ste. Marguerit.	4	13	7	47	4	48	7	50
21	m.	s. Victor, m.	4	14	7	45	5	53	8	26
22	j.	ste Marie-Mag.	4	15	7	44	6	58	8	57
23	v.	s. Apollinaire.	4	16	7	43	8	3	9	25
24	s.	ste. Christine.	4	18	7	42	9	6	9	50
25	D.	s. Jacq. et s. Ch.	4	19	7	41	10	8	10	15
26	l.	ste. Anne.	4	20	7	39	11	9	10	40
27	m.	s. Désiré, év.	4	21	7	38	0	11 Soir.	11	6
28	m.	s. Nazaire.	4	22	7	37	1	11	11	35
29	j.	ste. Marthe, v.	4	24	7	36	2	10	Matin.	
30	v.	s. Abdon, m.	4	25	7	34	3	10	0	7
31	s.	s. Ignace de L.	4	26	7	33	4	8	0	43

AOUT. *Signe*, la Vierge. ♍

P. L. le 4, à 1 h. 6′ du soir. *Périgée le* 8.
D. Q. le 11, à 8 h. 17′ du matin.
N. L. le 18, à 0 h. 2′ du soir. *Apogée le* 23.
P. Q. le 26, à 2 h. 13′ du soir.

JOURS, DATES et Noms des Saints.			*Lev. du S.*		*Cou. du S.*		*Lever de la L.*		*Couch. de la L.*	
			H.	M.	H.	M.	H.	M.	H.	M.
1	D.	s. Pierre ès-L.	4	28	7	31	5 Soir.	5	1 Matin.	25
2	l.	N.D. des Anges	4	29	7	30	5	52	2	15
3	m.	Inv. s. Eticnne	4	31	7	29	6	37	3	13
4	m.	s. Dominique.	4	32	7	27	7	19	4	18
5	j.	N.D. aux Neig.	4	33	7	26	7	54	5	28
6	v.	Tr. de N. Seig.	4	35	7	24	8	28	6	41
7	s.	s. Gaëtan de T.	4	36	7	23	9	0	7	56
8	D.	s. Cyriaque.	4	38	7	21	9	31	9	12
9	l.	s. Romain, m.	4	39	7	20	10	2	10	27
10	m.	s. Laurent, ar.	4	41	7	18	10	35	11	41
11	m.	ste. Susanne, v.	4	42	7	17	11	12	0 Soir.	54
12	j.	ste. Claire, v.	4	44	7	15	11	54	2	5
13	v.	s. Hypolite, m.	4	46	7	14	Matin.		3	11
14	s.	s. Eusèbe. *V. J.*	4	47	7	12	0	42	4	10
15	D.	ASSOMPTION	4	49	7	10	1	37	5	2
16	l.	s. Roch, conf.	4	50	7	9	2	37	5	47
17	m.	s. Mammez, m.	4	52	7	7	3	40	6	25
18	m.	ste. Hélène.	4	54	7	6	4	45	6	58
19	j.	ste. Thècle.	4	55	7	4	5	50	7	27
20	v.	s. Bernard, ab.	4	57	7	2	6	54	7	54
21	s.	ste. Franç. de C.	4	58	7	1	7	56	8	20
22	D.	s. Simphorien.	5	0	6	59	8	58	8	45
23	l.	s. Philippe B.	5	2	6	57	10	0	9	11
24	m.	s. Barthélémi.	5	4	6	56	11	1	9	38
25	m.	s. Louis, Roi.	5	5	6	54	0 Soir.	2	10	8
26	j.	s. Zéphirin, pa.	5	7	6	52	1	1	10	42
27	v.	s. Césaire d'Arl.	5	9	6	51	1	59	11	22
28	s.	s. Augustin, év.	5	10	6	49	2	55	Matin.	
29	D.	Déc. de s. J.-B.	5	12	6	47	3	47	0	8
30	l.	ste. Rose de L.	5	14	6	45	4	33	1	2
31	m.	s. Raymond N.	5	15	6	44	5	16	2	4

SEPTEMBRE. *Signe*, la Balance. ♎

P. L. le 2, à 10 h. 47′ du soir. *Périgée le 4.*
D. Q. le 9, à 2 h. 8′ du soir.
N. L. le 17, à 2 h. 38′ du matin. *Apogée le 20.*
P. Q. le 25, à 7 h. 2′ du matin.

JOURS, DATES et Noms des Saints.			*Lev. du S.* H.	M.	*Cou. du S.* H.	M.	*Lever de la L.* H.	M.	*Couch. de la L.* H.	M.
1	m.	s. Gilles, abbé.	5	18	6	42	5	Soir. 56	3	Matin. 11
2	j.	s. Etienne, Roi.	5	19	6	40	6	32	4	25
3	v.	ste. Séraphie.	5	21	6	38	7	6	5	41
4	s.	ste. Rosalie, v.	5	22	6	37	7	38	6	59
5	D.	s. Bertin, abb.	5	24	6	35	8	10	8	17
6	l.	s. Zacharie, pr.	5	26	6	33	8	43	9	35
7	m.	ste. Reine, v.	5	28	6	32	9	21	10	51
8	m.	*Nat. de N. D.*	5	29	6	30	10	3	0	Soir. 4
9	j.	s. Omer, év.	5	31	6	28	10	50	1	12
10	v.	s. Nicol. de T.	5	33	6	26	11	42	2	14
11	s.	ss. Prote et H.	5	35	6	25	Matin.		3	8
12	D.	s. Guidon, c.	5	36	6	23	0	38	3	54
13	l.	s. Aimé, arch.	5	38	6	21	1	39	4	35
14	m.	Exalt. de ste. C.	5	40	6	19	2	43	5	9
15	m.	s. Nicomède 4 *T*	5	42	6	17	3	48	5	39
16	j.	ste. Euphémie.	5	43	6	16	4	52	6	6
17	v.	s. Lambert 4 *T.*	5	45	6	14	5	56	6	32
18	s.	ste. Sophie 4 *T.*	5	47	6	12	6	58	6	57
19	D.	s. Janvier.	5	49	6	10	7	59	7	23
20	l.	s. Eustache, m.	5	51	6	8	9	0	7	49
21	m.	s. Matthieu.	5	52	6	7	10	1	8	18
22	m.	s. Maurice.	5	54	6	5	11	1	8	50
23	j.	s. Lin, pr. m.	5	56	6	3	11	58	9	27
24	v.	N.-D. de la M.	5	58	6	1	0	Soir. 54	10	10
25	s.	s. Firmin, év.	5	59	6	0	1	47	10	59
26	D.	ste. Justine, v.	6	1	5	58	2	35	11	55
27	l.	ss. Côme et D.	6	3	5	56	3	18	Matin.	
28	m.	s. Wenceslas.	6	5	5	54	3	58	0	58
29	m.	Déd. de s. Mic.	6	7	5	52	4	35	2	8
30	j.	s. Jérôme, pr.	6	9	5	51	5	8	3	23

OCTOBRE. *Signe*, le Scorpion. ♏

PL. P. L. le 2, à 8 h. 6′ du matin. *Périgée le 2.*
DQ. D. Q. le 8, à 10 h. 41′ du soir. *Apogée le 17.*
NL. N. L. le 16, à 7 h. 41′ du soir. *Périgée le 31.*
PQ. P. Q. le 24, à 10 h. 29′ s. PL. P. L. le 31, à 5 h. 28′ s.

JOURS, DATES et Noms des Saints.			*Lev. du S*		*Cou. du S*		*Lever de la L*		*Couch. de la L*	
			H.	M.	H.	M.	H.	M.	H.	M.
1	v.	ss. Remi et P.	6	10	5	49	5 Soir.	42	4 Matin.	39
2	s.	Les ss. Anges g.	6	12	5	47	6	14	5	59
3	D.	s. Denis, mart.	6	14	5	45	6	48	7	20
4	l.	s. François d'A.	6	16	5	43	7	25	8	40
5	m.	s. Placide, conf.	6	17	5	42	8	6	9	58
6	m.	s. Bruno, conf.	6	19	5	40	8	53	11	10
7	j.	s. Marc, pape.	6	21	5	38	9	45	0 Soir.	15
8	v.	ste. Brigitte, v.	6	23	5	36	10	42	1	14
9	s.	s. Ghislain, év.	6	25	5	35	11	42	2	5
10	D.	s. François de B.	6	26	5	33	Matin.		2	46
11	l.	s. Gomer, c.	6	28	5	31	0	46	3	20
12	m.	s. Maximilien.	6	30	5	29	1	50	3	51
13	m.	s. Edouard, R.	6	32	5	28	2	53	4	18
14	j.	s. Calixte, p. m.	6	33	5	26	3	55	4	43
15	v.	ste. Thérèse, v.	6	35	5	24	4	56	5	8
16	s.	s. Martinien.	6	37	5	22	5	58	5	33
17	D.	s. Florentin, év.	6	39	5	21	7	0	6	0
18	l.	s. Luc, évang.	6	40	5	19	8	2	6	28
19	m.	s. Pierre d'Alc.	6	42	5	17	9	2	6	59
20	m.	s. Caprais, m.	6	44	5	15	10	1	7	34
21	j.	ste. Ursule.	6	46	5	14	10	56	8	13
22	v.	s. Mellon, év.	6	47	5	12	11	49	8	59
23	s.	s. Séverin, év.	6	49	5	10	0 Soir.	38	9	52
24	D.	s. Magloire, év.	6	51	5	8	1	22	10	51
25	l.	ss. Crépin et C.	6	52	5	7	2	1	11	55
26	m.	s. Evariste, pr.	6	54	5	5	2	37	Matin.	
27	m.	s. Frumence.	6	56	5	3	3	11	1	4
28	j.	ss. Simon et J.	6	58	5	2	3	43	2	18
29	v.	s. Narcisse, p.	6	59	5	0	4	15	3	35
30	s.	s. Lucain. *V. J.*	7	1	4	58	4	47	4	53
31	D.	s. Quentin.	7	3	4	57	5	22	6	13

NOVEMBRE. *Signe*, le Sagittaire. ♐

☾ D. Q. le 7, à 11 h. 2′ du matin. *Apogée le* 13.
● N. L. le 15, à 2 h. 5′ du soir.
☽ P. Q. le 23, à 11 h. 54′ du matin. *Périgée le* 28.
○ P. L. le 30, à 3 h. 18′ du matin.

JOURS, DATES et Noms des Saints.			*Lev. du S*		*Cou. du S*		*Lever de la L.*		*Couch. de la L.*	
			H.	M.	H.	M.	H.	M.	H.	M.
1	l.	TOUSSAINT.	7	4	4	55	6	Soir. 0	7	Matin. 32
2	m.	*C. des Morts.*	7	6	4	53	6	45	8	52
3	m.	s. Hubert, év.	7	7	4	52	7	36	10	4
4	j.	s. CHARLES B.	7	9	4	50	8	34	11	7
5	v.	s. Zacharie, p.	7	11	4	49	9	36	0	Soir. 2
6	s.	s. Léonard, c.	7	12	4	47	10	39	0	47
7	D.	s. Ernest, évêq.	7	14	4	46	11	43	1	25
8	l.	Les 4 SS. cour.	7	15	4	44	Matin.		1	58
9	m.	s. Mathurin, c.	7	17	4	43	0	48	2	27
10	m.	s. Juste, évêq.	7	18	4	41	1	51	2	54
11	j.	s. Martin, arc.	7	20	4	40	2	53	3	18
12	v.	s. René, évêq.	7	21	4	38	3	56	3	41
13	s.	s. Homobon, c.	7	23	4	37	4	57	4	6
14	D.	s. Albéric, év.	7	24	4	35	5	57	4	32
15	l.	s. Eugène, év.	7	26	4	34	6	56	5	0
16	m.	s. Edmond, ar.	7	27	4	32	7	55	5	33
17	m.	s. Grégoire, év.	7	28	4	31	8	52	6	12
18	j.	s. Odon, abbé.	7	30	4	30	9	47	6	56
19	v.	ste. Elisabeth.	7	31	4	28	10	37	7	45
20	s.	s. Félix de Val.	7	32	4	27	11	21	8	41
21	D.	Prés. de N.-D.	7	34	4	26	0	Soir. 1	9	42
22	l.	ste. Cécile, v.	7	35	4	25	0	37	10	47
23	m.	s. Clément, p.	7	36	4	23	1	10	11	56
24	m.	ste. Flore, v.	7	37	4	22	1	40	Matin.	
25	j.	ste. Catherine.	7	38	4	21	2	9	1	8
26	v.	s. Pierre d'Al.	7	40	4	20	2	39	2	23
27	s.	s. Maxime, év.	7	41	4	19	3	12	3	40
28	D.	*Avent.*	7	42	4	18	3	47	4	58
29	l.	s. Saturnin, m.	7	43	4	17	4	27	6	17
30	m.	s. André, ap.	7	44	4	16	5	13	7	33

DÉCEMBRE., *Signe* le Capricorne. ♑

☾ D. Q. le 7, à 3 h. 25′ du matin. *Apogée le* 11.
● N. L. le 15, à 8 h. 29′ du matin.
☽ P. Q. le 22, à 10 h. 52′ du soir. *Périgée le* 27.
○ P. L. le 29, à 2 h. 11′ du soir.

JOURS, DATES et Noms des Saints.			*Lev. du S* H.	M.	*Cou. du S* H.	M.	*Lever de la L.* H.	M.	*Couch. de la L.* H.	M.
1	m.	s. Eloi, évêq.	7	45	4	15	6	Soir. 6	8	Matin. 42
2	j.	ste Bibiane. v.	7	46	4	14	7	11	9	45
3	v.	s. Franç. Xav.	7	47	4	13	8	16	10	36
4	s.	ste. Barbe, v.	7	48	4	12	9	22	11	17
5	D.	s. Sabbas, ab.	7	49	4	12	10	28	11	51
6	l.	s. Nicolas, év.	7	50	4	11	11	33	0	Soir. 22
7	m.	s. Ambroise.	7	51	4	10	Matin.		0	49
8	m.	*Conc. de N. D.*	7	51	4	9	0	37	1	14
9	j.	ste. Léocadie.	7	51	4	9	1	38	1	38
10	v.	ste. Valère, v.	7	52	4	8	2	38	2	1
11	s.	s. Damase, p.	7	53	4	8	3	38	2	26
12	D.	ste. Constance.	7	53	4	7	4	38	2	53
13	l.	ste. Luce, v.	7	53	4	7	5	37	3	24
14	m.	s. Nicaise, ar.	7	54	4	6	6	35	4	1
15	m.	s. Mesmin, *4 T.*	7	54	4	6	7	32	4	43
16	j.	ste. Adelaide.	7	54	4	6	8	25	5	31
17	v.	ste. Olym *4. T.*	7	54	4	6	9	11	6	25
18	s.	s. Gatien. *4 T.*	7	55	4	5	9	53	7	24
19	D.	s. Timothé.	7	55	4	5	10	30	8	27
20	l.	s Philogone, é.	7	55	4	5	11	3	9	34
21	m.	s. Thomas.	7	55	4	5	11	33	10	44
22	m.	s. Flavien.	7	55	4	5	0	Soir. 2	11	56
23	j.	ste. Victoire.	7	55	4	5	0	31	Matin.	
24	v.	s. Delphin *V. J.*	7	55	4	5	1	0	1	9
25	s.	NOEL.	7	55	4	5	1	31	2	23
26	D.	*s. Etienne*, m.	7	55	4	5	2	6	3	39
27	l.	s. Jean, évang.	7	54	4	6	2	48	4	55
28	m.	ss. Innocens.	7	54	4	6	3	38	6	7
29	m.	s. Thomas de C.	7	54	4	6	4	35	7	12
30	j.	s. Sabin, év.	7	53	4	7	5	38	8	9
31	v.	s. Silvestre.	7	53	4	7	6	46	8	56

OBSERVATIONS SUR L'ANNEE.

Cette Année est celle de notre Seigneur 1830, et contient 365 jours.

Depuis le commencement du Monde, il y a 5830 ans.

Depuis le Déluge universel, 4174 ans.

Depuis la Mort et Résurrection de N. S. J.-C. 1797 ans.

Année de la période Julienne, 6543.

Depuis la première Olympiade d'Iphitus jusqu'en Juillet, 2604.

De la fond. de Rome, selon Varron (Mars), 2583.

De l'époque de Nabonassar, 2577.

De la Correction Grégorienne, 248.

Du Règne de S. M. CHARLES X, 6.

L'année 1245 des Turcs a commencé le 3 Juillet 1829, et finira le 21 Juin 1830, selon l'usage de Constantinople.

ECLIPSES.

Il y aura cette année quatre Eclipses de Soleil et deux Eclipses de Lune.

La première Éclipse de Soleil aura lieu le 23 Février, et sera invisible à Paris.

La première Eclipse de Lune aura lieu le 9 Mars, et sera invisible à Paris.

La deuxième Eclipse de Soleil aura lieu le 24 Mars, et sera invisible à Paris.

La troisième Eclipse de Soleil aura lieu le 18 Août, et sera invisible à Paris.

La deuxième Eclipse totale de Lune aura lieu le 2 Septembre, et sera visible à Paris.

Opposition à 10 h. 46′ 52″ du soir, en $11^s\ 9^o\ 53'$ 22″ de longitude, et en 2′ 12″ de latitude boréale. Commencement de l'Eclipse à 8h. 58′ 3/4 du soir. Fin de l'immersion à 9h. 58 1/2. Milieu à 10h. 47″ 1/4. Commencement de l'émersion à 11h. 36′. Fin de l'Eclipse à 0h. 35′ 3/4 du matin, le 3 Septembre.

La 4.e Eclipse de Soleil aura lieu le 17 Septembre, et sera invisible à Paris.

TABLE DES MARÉES DE 1830.

Mois.	Jours et heures de la Syzygie.	Hauteur
Janv.	P. L. le 9, à 3 h. 45′ du m.	0,88
	N. L. le 24, à 5 h. 4′ du s.	0,99
Fév.	P. L. le 7, à 7 h. 52′ du s.	0,88
	N. L. le 23, à 4 h. 45′ du m.	1,11
Mars.	P. L. le 9, à 1 h. 40′ du s.	0,88
	N. L. le 24, à 2 h. 53′ du s.	1,12
Avril	P. L. le 8. à 7 h. 38′ du m.	0,86
	N. L. le 22, à 11 h. 36′ du s.	1,08
Mai.	P. L. le 8, à 0 h. 12′ du m.	0,83
	N. L. le 22, à 7 h. 22′ du m.	0,99
Juin.	P. L. le 6, à 2 h. 28′ du s.	0,81
	N. L. le 20, à 3 h. 12′ du s.	0,94
Juill.	P. L. le 6, à 2 h. 34′ du m.	0,85
	N. L. le 20, à 0 h. 23′ du m.	0,89
Août.	P. L. le 4, à 1 h. 6′ du s.	0,94
	N. L. le 18, à 0 h. 2′ du s.	0,89
Sept.	P. L. le 2, à 10 h. 47′ du s.	1,04
	N. L. le 17, à 2 h. 38′ du m.	0,89
Octob.	P. L. le 2, à 8 h. 6′ du m.	1,14
	N. L. le 16, à 7 h. 41′ du s.	0,86
	P. L. le 31, à 5 h. 25′ du s.	1,13
Nov.	N. L. le 15, à 2 h. 5′ du s.	0,83
	P. L. le 30, à 3 h. 18′ du m.	1,05
Déc.	N. L. le 15, à 3 h. 3′ du m.	0,82
	P. L. le 29, à 2 h. 11′ du s.	0,98

On voit par ce tableau que pendant l'année 1830, les positions du Soleil et de la Lune, par rapport à la Terre et au plan de l'équateur, sont telles vers les Syzygies, que les Marées du 24 Février, du 25 Mars, du 24 Avril, du 30 Octobre, et enfin celle du 1 Novembre pourront être considérables, surtout si elles sont favorisées par les vents.

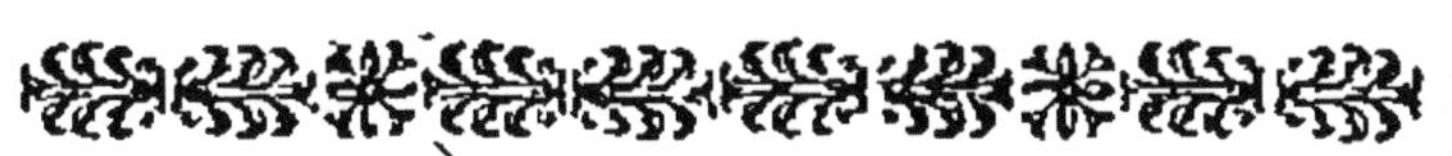

BARCAROLLE
DE LA MUETTE DE PORTICI.

Gaîment.

A-MIS, la ma-ti-née est

belle ; Sur le riva-

ge as-semblez-vous !

Mon-tez gaî-

ment votre na – cel – le,
et des vents bra – vez
le courroux! Conduis ta barque a–
vec prudence, Pê-cheur, parle
bas! jet – te tes fi – lets
en si–lence! pê-cheur, parle

bas! Le roi des mers ne
t'é – chap-pe – ra pas. Le
roi des mers ne t'échappe-ra
pas. Le roi des
mers ne t'é – chappe – ra
pas. Le roi des

L'heure viendra, sachons l'attendre;
Plus tard nous saurons la saisir.
Le courage fait entreprendre;
Mais l'adresse fait réussir.
Conduis, etc.

LA JEUNE COQUETTE.

CHANSONNETTE.

AIR *à faire*.

Oui, je l'avoûrai,
J'en conviendrai,
Je suis coquette;
Oui, matin et soir,

A ma toilette
Je viens me voir.
Aimer le monde et la parure,
Par elle embellir la nature,
Semble être un crime sans égal ;
Chercher à plaire est-ce un grand mal ?
Non, c'est un plaisir
Qu'il faut saisir.
Je suis coquette, etc.

J'aime la mode avec ivresse ;
Doux passe-tems de la jeunesse,
Folle ou sage, en toute saison,
Je lui donne toujours raison.
Oui, je l'avoûrai, etc.

La mode à tel point m'intéresse,
Que bien avant qu'elle paraisse,
Soit par instinct, soit autrement,
Je la devine très souvent.
Oui, je l'avoûrai, etc.

Miroir fidèle, et trop sincère,
De toi chaque jour plus sévère,
Je le sens, je m'éloignerai,
Puis, enfin, je te briserai ;
Mais en attendant
Ce changement,
Je suis coquette,

Oui, matin et soir,
A ma toilette
Je viens me voir.

LES OMNIBUS.

CHANSON.

AIR : *C'qui m'amus' dans un spectacle.*

L'AUTR' jour, sur un' grande affiche
J'lisons *Omnibus.*
J'dis: V'là z'un mot ben godiche
Pour un prospectus.
La bell' chos' que d'savoir lire!
Jarni! l'croiriez-vous ?
J'apprends qu'*Omnibus* veut dire :
Voiture à cinq sous.

Il y a des créatures
D'un esprit subtil,
Qui n'veul' pas dans ces voitures
Voyager d' profil.
Morguien'! tout ça c'est des gosses;
Tous les jours ça s'voit;
Ben des gens qu'ont d'beaux carosses
N'en vont pas plus droit.

De sapins à la Police
V'là z'un détach'ment
Qui s'en va d'mander justice
Pour tout l'régiment.
« Pour parler comm' mosieu Chose,
Dit l'pus éloquent,
Sachez q' l'*Omnibus* nous cause
Un tort *conséquent*.

« C'coup-là va mettre en déroute
Tous nos créanciers ;
J's'rons forcés de fair' banq'route
Comm' les gros banquiers.
Jugez à quelle disgràce
J'sommes exposés,
Si nos chevaux sur la place
Rest' les bras croisés. »

Nos brav's à la Préfecture
Ont été r'poussés ;
Pour eux qu'ell' déconfiture
Les v'là z'enfoncés.
Tous les cochers vont, de rage,
Maigrir à vu' d'œil,
Et les marchands d'vin, je gage,
Vont prendre le deuil.

L'dimanche avec les intimes
Quand j'irons flûter,

Pour nos p'tits vingt-cinq centimes,
J' nous f'rons brouetter ;
Et si la fortun' volage
M'traite un jour trop mal,
Je pourrons en équipage
M'rendre à l'hôpital.

TRIOLET.

AIR : *des Triolets.*

Du bon vin et femme jolie
Sont deux écueils pour la raison ;
Pourtant on veut, toute la vie,
Du bon vin et femme jolie.
Trop aimer est une folie,
Comme trop boire est un poison :
Du bon vin et femme jolie
Sont deux écueils pour la raison.

LA PETITE FILLE.

CHANSONNETTE.

AIR : *Je suis Français, mon pays avant tout.*

« Eh quoi ! déjà... mais il fait nuit encore,
Disait Emma, pressant son oreiller;
Ma vieille bonne, au lever de l'aurore,
Chaque matin, viendras-tu m'éveiller ?
Adieu, mon lit, il faut que je te quitte,
Toi seul à qui je dois d'heureux instants ! »
Et puis tous bas murmurait la petite:
« Grand Dieu ! quand donc aurai-je dix-huit ans ? »

« Un grammairien dont l'aspect me chagrine,
Au saut du lit, me creusant le cerveau,

Me fait chercher des fautes dans
Racine,
S'il ne me force à corriger Boileau;
Puis, par surcroît, un professeur
d'histoire,
Quand du présent je maudis les
tourmens,
Du tems passé fatigue ma mémoire.
Grand Dieu! quand donc aurai-je
dix-huit ans?

« Le soir amène un maître de musi-
que
Qui jusqu'aux cieux montant son
violon,
Me fait la moue et me juge asthma-
tique
Si je ne monte à son diapason.
Est-il parti... vient le maître de
danse;
Fais-je un seul pas, j'ai les pieds
en-dedans,
Tout de travers je fais la révérence.
Grand Dieu! quand donc aurai-je
dix-huit ans?

« J'aime à jaser; si j'en prends la
licence,

Au moindre mot, papa fait les gros
yeux ;
Jusqu'au cousin qui m'impose si-
lence ;
En vérité, c'est par trop ennuyeux !
A babiller si parfois on m'invite,
Je me redresse et montre mes ta-
lens,
Puis on me dit : pas trop mal, ma
petite...
Grand Dieu ! quand donc aurai-je
dix-huit ans ?

« A dix-huit ans, personnage
notable,
Je vois chacun se ranger sous ma loi.
Seule je fais les honneurs de la table,
Dans la maison rien ne va que par
moi.
Plus de leçons, plus d'ennuyeuse
veille,
Et dans mon lit, sans crainte des
pédans,
Je vais dormir... mais chut !... papa
s'éveille.
Grand Dieu ! quand donc aurai-je
dix-huit ans ?»

LE JEUNE PRÉCEPTEUR.

ROMANCE.

AIR *de la Romance de* Téniers.

BELLE d'attraits, de grâce et d'innocence,
Vous n'avez pas atteint quinze printems,
Et, près de vous, moi, votre ami d'enfance,
Je suis déjà précepteur, à vingt ans.
Vos soins constans, votre amour de l'étude
Sont vraiment beaux... Mais, Rose, par pitié,
Pour votre maître, ah! moins de gratitude,
Si vous voulez garder son amitié.

Pour les beaux arts quelle ardeur empressée!...
Vos yeux brillans semblent dans tous mes traits

Jusqu'en mon cœur pénétrant ma
pensée,
De la science épuiser les secrets :
Ces yeux d'azur où respire votre
âme,
Ils sont charmans... Mais, Rose,
par pitié,
A votre ami cachez leurs traits de
flamme,
Si vous voulez garder son amitié.

Quand vous étiez encor petite fille,
Sur ses genoux votre ami vous
plaçait,
Et vous comptait l'aventure gentille
De Cendrillon ou du Petit-Poucet;
Aux contes bleus l'Histoire et le
Solfège
Vont succéder... Mais, Rose, par
pitié,
Près du conteur prenez un autre
siège,
Si vous voulez garder son amitié.

De mes bienfaits, tendre et recon-
naissante,
Vous me jurez souvenir éternel,
Et sur ma bouche une lèvre brûlante

Vient de sceller cè serment solennel.
Ces sentimens et ces douces promesses
Sont d'un bon cœur... Mais, Rose, par pitié,
A votre maître épargnez vos caresses,
Si vous voulez garder son amitié.

LA ROSE.

ROMANCE.

AIR : *Au sein d'une fleur tour à tour.*

COLIN vint offrir un matin
A Lise une rose nouvelle ;
En la voyant orner son sein
La Rose lui semblait plus belle ;
Admirant ses vives couleurs
S'unir aux lis de son amie,
Il croyait voir un champ de fleurs
Dont Lise était la plus jolie.

Mais pour Lise, hélas ! quel malheur !
Avant la fin de la soirée
La Rose a perdu sa couleur :

L'épine seule est demeurée.
« Lise, crois-moi, dit son amant,
Jette cette rose flétrie !
Faut-il ne vivre qu'un moment
Lorsque l'on est aussi jolie ! »

« Jeter cette fleur ! ah ! Colin,
Lui répondit Lise alarmée ;
A cette rose du matin
Tu comparais ta bien-aimée ;
Entre elle et moi cruel rapport !
Colin, rassure ton amie...
Dois-je éprouver le même sort
Quand je ne serai plus jolie ? »

LE PARADIS, LE PURGATOIRE ET L'ENFER DE L'AMOUR.

AIR *du vaudeville* du Passe-partout.

JE vois Fanny, bonheur suprême!
J'ose parler de mes désirs ;
Elle se tait... Sa rigueur même
Donne plus de prix aux plaisirs ;
Enfin, dans mes bras je la presse

Et je suis payé de retour.
Je m'écrie alors, plein d'ivresse :
C'est le paradis de l'Amour !

Vers nous un jeune homme s'a-
vance,
Lindor !... Je murmurais tout bas,
Quand, pour accroître ma souf-
france,
Fanny l'attire sur ses pas.
Toutefois, près de mon amie,
Je puis encore avoir mon tour ;
Et je nomme la jalousie
Le purgatoire de l'Amour.

Bientôt Lindor par son adresse
De Fanny m'enlève le cœur ;
Adieu mes plaisirs, mon ivresse !
Comment supporter ce malheur ?
Dans mon dépit, d'abord extrême,
Je me désole nuit et jour.
Être oublié de ce qu'on aime,
N'est-ce pas l'enfer de l'Amour ?

NAVARIN.

CHANT NATIONAL.

AIR : *Dis-moi, soldat, dis-moi, t'en souviens-tu?*

HONNEUR et gloire à ma chère patrie !
La Grèce enfin respire en liberté,
Et les horreurs d'une peuplade impie
Ne viendront plus souiller l'humanité.
Honneur et gloire à la triple alliance
Dont les vaisseaux ont fait tonner l'airain !
Souvenez-vous, Barbares, que la France
A fait courber vos fronts à Navarin.

Sans nul égard pour le sexe et pour l'âge,
On vous a vus, insultant au malheur,
Las d'égorger, traîner en esclavage
Les prisonniers que respecte un vainqueur.

Il était tems qu'une juste vengeance
Vint arrêter ces flots de sang humain !
Souvenez-vous, Barbares, que la France
A fait courber vos fronts à Navarin.

Ah ! puisse un jour le Czar de la Russie,
Persévérant dans son noble projet,
Vous repousser jusqu'au fond de l'Asie,
Et de l'Europe expulser Mahomet!
S'il le fallait, notre seule puissance
Accomplirait les arrêts du Destin :
Souvenez-vous, Barbares, que la France
A fait courber vos fronts à Navarin.

Réjouis-toi, trop malheureuse Grèce ;
Un Roi chrétien t'accorde son appui !
A ton destin son grand cœur s'interesse ;
Les opprimés ont tous des droits sur lui.
Il a parlé !... Sa bannière sacrée

Aux yeux des Turcs fait briller ce
refrain :
Souvenez-vous, en fuyant la Morée,
De vos vaisseaux brûlés à Navarin.

A ELVIRE***.

ROMANCE.

AIR: *Vous vieillirez, ô ma belle maîtresse !*

VOILE tes yeux sous ta longue
paupière,
Épargne-moi leur éclat dangereux ;
Dédaigne, Elvire, un succès éphé-
mère,
Que paîraient trop les pleurs d'un
malheureux.
Dans le repos de mon indifférence,
J'ai pu braver le sort et les ingrats;
Ce que je crains, c'est ta seule pré-
sence ;
Ah ! par pitié, ne me regarde pas !

Pure et sans art, belle comme ton
âge,
Tu vas bientôt connaître le plaisir;
Les jeux, l'amour, naîtront sur ton
passage ;
Seul je vivrai loin de ton souvenir.
D'adorateurs indiscrets ou timides
L'essaim viendra voltiger sur tes pas;
Ils sont brillans, mais légers et
perfides ;
Ah! par pitié, ne les regarde pas!

Si quelque jour, moins heureuse
ou moins belle,
Loin des grandeurs tu cherchais un
appui ;
Comme autrefois, si la chance
cruelle
Faisait pâlir les puissans d'aujour-
d'hui ;
Alors, peut-être, heureux dans
mon délire,
Pouvant t'offrir et mon cœur et ma
foi ;
Je t'aimerais, et j'oserais te dire :
Ah! par pitié, ne regarde que moi !

COLAS.

CHANSONNETTE.

AIR : *Un jeune enfant, le casque en main.*

Je voudrais vous aimer, Colas,
Puisque vous désirez me plaire ;
Mais pour que je le puisse, hélas !
Dites-moi, comment faut-il faire ?
Vous êtes fidèle et discret,
Vous êtes bon, vous êtes sage ;
Mais, Colas, vous êtes si laid,
C'est bien dommage !

Quand de loin votre chalumeau
Doucement gémit et soupire,
Sans songer si vous êtes beau,
En écoutant je vous admire ;
Mais quand vous sortez du bosquet,
Quand j'aperçois votre visage,
Ah ! Colas, vous êtes si laid !
C'est bien dommage !

Si Lubin avait votre cœur,
Ou si vous aviez sa figure,

Colas, quel serait mon bonheur !
Je vous aimerais, j'en suis sûre ;
Mais Lubin est un indiscret,
Un perfide, un traître, un volage ;
Vous, Colas, vous êtes si laid !
C'est bien dommage !

NE RIEZ-VOUS PAS ?

CHANSONNETTE.

AIR : *L'on parlera de sa gloire.*

« MON fils, montrez-vous plus sage ;
Suivez enfin mes avis ;
Le soir, loin d'être au logis,
Vous allez courir le village.
Même on dit que chaque nuit,
Au moyen de notre échelle,
Vous faites la cour sans bruit
A gentille jouvencelle :
Jadis, dans de pareils cas,
Plus sage était votre père. » (*bis.*)
« Ne riez-vous pas (*bis*), ma mère,
Ne riez-vous pas ?

« Ma fille, à la promenade,
Éloignez-vous de Lubin ;
Grondez-le bien le matin,
La nuit, s'il vous donne une aubade.
Si vous aviez pu me voir
Lorsque j'étais encor fille,
J'étais ferme à mon devoir,
Sans en être moins gentille !...
Sur des points si délicats
Toujours je fus très sévère. » (*bis.*)
« Ne riez-vous pas (*bis*), ma mère,
Ne riez-vous pas ? »

Ainsi parlait Mathurine ;
Mais vaine était sa leçon ;
L'Amour savait mieux, dit-on,
Prêcher la sienne à la sourdine.
Toujours vieille grondera ;
Cela distrait et console.
Toujours jeunesse aimera
Le plaisir, quoique frivole,
Et murmurera tout bas :
La morale est trop sévére. (*bis.*)
Ne riez-vous pas (*bis*), ma mère,
Ne riez-vous pas ?

LA FAUVETTE.

ROMANCE.

AIR: *Au sein d'une fleur tour à tour.*

O vous ! qui sous le lierre épais
Avez su découvrir l'asile
Où de mes nourissons, en paix,
Je soignais l'enfance débile ;
Aux accens de leur faible voix,
Que la pitié vous attendrisse !
Ne souffrez pas que dans vos bois
Un barbare me les ravisse !

N'outragez point l'arbre vieilli
Qui nous couvre de sa parure,
Et de son front énorgueilli
Epaissit encor la verdure !
Laissez-nous vivre dans ces lieux !
Conservez dans votre retraite
L'arbre planté par vos aïeux
Et le berceau de la Fauvette !

L'AMANT CONFIANT.

CHANSONNETTE.

AIR *du vaudeville* des Deux prix.

Le mois passé, la jeune Laure
Jura de m'adorer toujours ;
Et mon cœur, plus épris encore,
Se confie au dieu des Amours.
Laure est parfois un peu légère ;
Un peu coquette, on le sait bien.
La beauté peut chercher à plaire.
Laure a juré, je ne crains rien.

Hier je la vis au bocage,
C'était vers le déclin du jour ;
Elle était pensive, et je gage
Qu'elle rêvait à notre amour ;
Edmond, soudain, vint à paraître ;
Elle rougit, je le vis bien ;
Mais c'était un hazard, peut-être...
Laure a juré, je ne crains rien.

Edmond, assis auprès de Laure,
Dit, sans paraître l'offenser :

« C'est votre amitié que j'implore :
Pourriez-vous me la refuser ? »
Il osa prendre en ma présence,
Un baiser que j'entendis bien ;
Un baiser est sans conséquence.
Laure a juré, je ne crains rien.

Quittant Paris pour la campagne,
De sa tante elle y suit les pas ;
C'est Edmond qui les accompagne ;
Et moi l'on ne m'invite pas.
Cela n'a rien qui me tourmente.
Laure m'a dit : « Vous pensez bien
Qu'Edmond n'y vient que pour ma
tante... »
Laure a juré, je ne crains rien.

LE BAL.

A M.elle JOSÉPHINE L.***

Air à faire.

A la valse tumultueuse,
A la danse voluptueuse,
Sautez, glissez sur le parquet poli ;

D'un œil furtif suivez-vous dans
les glaces!
Aux chocs légers, pour leur rendre
leurs grâces,
Ramenez vos cheveux sur votre
front joli.

Aux accords du hautbois sonore,
De la flûte plus douce encore,
Des gais archets, du cor mélo-
dieux,
Jeunes beautés, réglez vos pas
folâtres,
Et souriez aux propos idolâtres
Que le danseur tout bas vous dit
pour ses adieux.

Il dit courte la contredanse,
Il dit qu'il oublia la danse,
Pour ne songer qu'à vos charmans
appas;
Souriez-lui s'il vous dit la plus belle,
Mais qu'à ses vœux votre cœur soit
rebelle!
Car ces vœux trop souvent du cœur
ne viennent pas.

Ne cherchez qu'un plaisir frivole
Dans le bal, qui, léger, s'envole;

Mais du bonheur si votre âme a besoin,
Croyez plutôt à cette voix secrète,
A ces aveux d'une flamme discrète,
Qu'un timide regard vous apporte de loin.

LE ROI AU VILLAGE.

BALLADE.

AIR *à faire.*

Claire était sage; un Roi l'aimait.
Lucas de constance s'armait;
Car le bruit courait que sa Claire
Au Roi semblait chercher à plaire.
Le prince, sans suite et sans cour,
A la belle offrit son hommage;
Et, quand un Roi parle d'amour,
A dieu les amans du village!

Claire était sage, un Roi l'aimait.
Lucas de dépit s'enflammait.
« Que la volage m'abandonne,
Et de bon cœur je lui pardonne! »
Il disait, et, le même jour,

Il suivait ses pas sous l'ombrage,
Pensant qu'un tendre aveu d'amour,
Comme à la cour, plaît au village.

Claire était sage, un Roi l'aimait.
Lucas justement s'alarmait.
Bientôt, par un doux hyménée
Claire à son sort fut enchaînée;
Et Lucas apprit à son tour,
Que le mari de la plus sage
Doit tout craindre pour son amour
S'il passe un Roi dans le village.

LA MANIE DU CHANGEMENT.

AIR : *A voyager passant sa vie.*

Les uns veulent changer la mode,
D'autres veulent changer le goût ;
Celui-ci veut changer le code,
Et celui-là veut changer tout.
Depuis trente ans qu'on nous arrange
Et nous retourne à tout moment,
Puisqu'on ne gagne rien au change,
De grâce, plus de changement !

CONSEILS AUX BELLES.

ROMANCE.

AIR : *O Fontenai! etc.*

JEUNES beautés qu'a l'amour tout dispose,
D'un seul amant écoutez les soupirs;
Le plus beau jour voit se faner la rose,
Lorsque son sein accueille les zéphirs.

D'un art trompeur, jaloux de la nature,
N'empruntez point les dangereux secrets;
La rose plait sans aucune parure,
Et l'art ne peut augmenter ses attraits.

C'est par le cœur et non par la figure
Qu'on peut du cœur fixer les sentimens,
Du Temps cruel seul il brave l'injure,
Seul il jouit d'un éternel printems.

De l'Imprimerie de VANACKERE fils.

www.ingramcontent.com/pod-product-compliance
Ingram Content Group UK Ltd.
Pitfield, Milton Keynes, MK11 3LW, UK
UKHW022118260726
13993UKWH00003B/1100